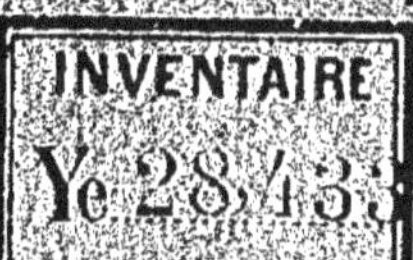

RELIQUIÆ

D'UN POETE HAITIEN.

IMPRIMERIE DE T. BOUCHEREAU.

LITTERATURE.

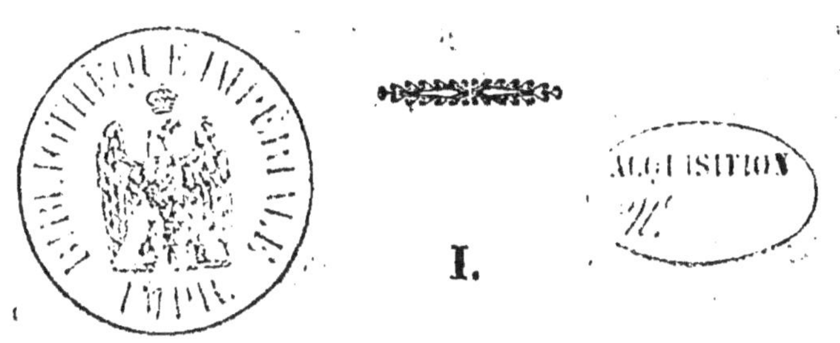

I.

Je viens rouvrir une tombe fermée depuis long-
temps. En 1835, un de nos jeunes poètes qui était à
ses premiers essais, mourut à la fleur de l'âge.— J'é-
tais de ses amis les plus intimes ; nous avions étudié
et vécu ensemble, depuis notre enfance. Dans nos con-
fidences littéraires mutuelles, l'échange était fort in-
égal ; je lui apportais le produit de mes pénibles efforts, de la prose brute, et lui me donnait en retour
des perles de poésie. Heureux les poètes ! car je pense
ainsi de quiconque a reçu la moindre parcelle du don
céleste de la poésie. Mais cette parcelle, si minime
qu'elle puisse être, il faut qu'elle soit de bon aloi.

Coriolan Ardouin possédait le feu sacré. Mais avec
sa vie interrompue trop tôt, se sont éteintes de brill-
lantes promesses et de chères espérances. Que n'eût-
il vécu quelques années de plus pour la joie et l'or-
gueil de notre amitié et pour l'honneur de son pays !
Il ne songeait pas encore à la publicité quand il dis-
parut. Il laissa plusieurs cahiers de vers qu'il avait

faits comme études. Il brûla le premier où se trouvaient les compositions de son plus jeune âge. C'était le bégaiement de la muse. Des autres qui contiennent ses essais les plus sérieux, un seul est en ma possession. C'est de cet écrin que j'avais tiré les petites pièces précieuses, *Alaïda*, *Le Départ*, *Mon Age*, pour les donner au public peu de temps après le décès du poète. Délicates fleurs déposées sur sa tombe depuis près de dix-huit ans et qui ne se sont pas fanées !

On me permettra de reproduire cette gracieuse petite peinture de l'enfant qui dort sur sa natte de jonc.

> Sur sa natte de jonc qu'aucun souci ne ronge
> Ses petits bras croisés sur un cœur de cinq ans,
> Alaïda sommeille heureuse et pas un songe
>   Qui tourmente ses jeunes sens !
>
> Ce cœur sans souvenirs, cette âme que ne ride
> Nulle pensée humaine, et ce tendre souris
> Que l'ange eût envié, cet air pur et candide,
>   Ces douces, ces paisibles nuits
>
> Sont aux enfans ! L'enfance est l'onde bleue et claire
> Qui dort au pied d'un roc dans son bassin d'argent.
> Que font à l'humble flot les vents et le tonnerre,
>   Et les soupirs de l'Océan ?

C'est d'une éternelle fraîcheur. Mais remarquez-le bien, une teinte de tristesse se mêle à ce sourire si pur. La tristesse ! Voilà le mal incurable de l'âme du poète. Il n'est en rien semblable à ce tourment des grands maîtres de la pensée, Chateaubriand ou Byron, qui ne leur fait voir que déceptions dans ce monde et les porte à s'en prendre à tout ce qui les entoure de ce qui les agite ou les oppresse. Il s'agit de moins ici. C'est un humble jeune homme qui se sent individuellement malheureux, qui croit que lui seul souffre. De douloureux pressentimens l'assiègent, et il n'a pas espoir de vivre. Alors, il est triste et il désespère. Mais si, au contraire, il eût entrevu quelque chance de durer un peu sur cette terre, il eût aimé la vie et en eût chanté les joies, au lieu de répandre son cœur presqu'à tout venant en plainte amère et en poésie de deuil.

Quelle profonde amertume en effet qui corrompt pour lui les plus belles choses et transforme tout miel en absynthe ! Il ouvre le cantique des cantiques, et quand il arrive à se réciter les versets les plus voluptueux de cette hymne orientale et sacrée " Te voi- " là belle, ma grande amie, te voilà belle. Tu m'as " ravi le cœur. Tes lèvres distillent le miel. Tu es " un jardin fermé, une source close, une fontaine " cachetée. — Lève-toi, brise, viens ! Que mon " bien-aimé vienne dans son jardin et mange de ses " fruits délicieux, &c. " il songe à une amie qui lui avait ravi le cœur et qui est morte. Sa tombe s'élève sur une plage isolée. Des orangers l'ombragent et la mer, tout près, y gronde jour et nuit. Il choisit pour épigraphe des vers que je vais transcrire, ces premiers mots du dernier verset : Lève-toi brise ! et cette brise de fête et d'amour devient bientôt un vent qui pleure en soufflant sur la tombe d'Emma.

Emma lorsque tous deux assis dans une yole
Nous voguions sur les mers, mon front sur ton épaule
Et le tien sur mon cœur, oh ! c'étaient de beaux jours !
Tu me disais voyant courir les blanches lames,
Tandis que s'élevaient et retombaient les rames :
Ecoutons soupirer la brise des amours !

Depuis nous avons vu s'écouler bien des choses !
Le soir a détaché du rosier bien des roses !

Et cette brise, Emma, si douce sur les flots,
Je l'entends aujourd'hui pleurante et solitaire.
Ah ! si l'on peut encore entendre sous la terre :
Ecoute soupirer la brise des tombeaux !

Quelquefois, dans une pièce, comme dans celle
qu'il adresse à son âme, un seul vers, court, rapide
ainsi qu'une lueur dans une nuit obscure, exprime
une velléité de s'encourager à vivre. Comparant son
âme à un saule pleureur, il lui dit : redresse tes ra-
meaux ; mais pas plus que le saule, son âme ne se
redresse.

Toujours des pleurs, mon âme, et jamais un sourire !
Et pourquoi ne peux-tu que gémir sur la lyre
        Et chanter des douleurs ?
En ce monde il n'est rien qui t'enivre ou t'enflamme !
Ni l'étoile du ciel, ni l'amour de la femme,
        La brise, ni les fleurs !

Saule pleureur penché sur les ondes du fleuve,
Comme on voit sur le marbre une plaintive veuve,
        Redresse tes rameaux !
Regarde cheminer le fleuve de la vie ;
Au lieu de s'y traîner que ta branche fleurie
        Se mire dans les flots !

Après tout c'est la mort, la mort que rien n'étonne !
Ozama, Meschasbé, Sénégale, Amazone
        Meurent dans l'Océan !
Ils ont beau sillonner la surface du monde,
Ils rencontrent toujours la mer sourde et profonde ;
        Comme nous le néant !

Voilà comment dans la pensée de notre poëte au
moindre effort pour surmonter son désenchantement
de l'existence succédait, soudainement et sans aucune

transition, l'obsession de ses noirs pressentimens. Mais, cependant, dans le cours de ses dernières années, il lui est arrivé d'avoir comparativement une période assez longue de calme et de tranquillité de cœur. Il croyait même, à certains momens, avoir atteint le bonheur. Il aima de nouveau. Aimer pour les créatures privilégiées, c'est vivre Ne sont-ce pas, en effet, les poètes qui ont décrit ainsi l'amour : c'est la vie ? Il avait fait vœu de recevoir de la main de Dieu celle qui devait être son épouse. Ainsi disait le serviteur d'Abraham : " Fais donc Seigneur que la jeune " fille à laquelle je dirai : baisse, je te prie, ta cruche " afin que je boive, et qui me répondra bois, et même " je donnerai à boire à tes chameaux, soit celle que tu " as destinée à ton serviteur Isaac, et, avant qu'il eût " achevé de parler, voici Rébecca. " Coriolan fit sa *rencontre heureuse* dans un bal. Sa prédestinée s'appelait Amélia Sterling. Ils se devinèrent en se voyant ; leur passion mutuelle et soudaine éclata dans leurs premiers regards ; ils comprirent qu'ils s'aimaient déjà avant de se le dire. Il en était heureux jusqu'à l'exaltation. Elle était belle, douce, angélique. Ainsi nous la dépeignait-il, avant que nous l'eussions vue, et il disait vrai. Elle était telle qu'il l'avait rêvée avant de la connaître, brune, à la taille élancée, aux grands yeux noirs, aux lèvres violettes, à la chevelure noire et abondante, à la voix tendre et caressante. Nous nous en réjouissions pour lui, parce que ses inquiétudes mortelles s'étaient tout à coup apaisées et qu'il était devenu gai et content. Il se faisait fête d'épouser au plus vite cette fiancée de son cœur ; car au plus fort de sa joie et de sa sécurité, il concevait de subites alarmes sur de vagues craintes de malheur qui lui avaient traversé l'imagination. Du jour qu'ils s'étaient aimés, ils étaient devenus inséparables. Une circonstance vint bientôt mettre à l'épreuve cette union de tous les instans. La jeune fille était appelée à St.-Marc près de ses parens. La distance qui allait les séparer n'était que de quelques lieues et l'absence devait être de courte durée. Mais c'était la première absence. A l'heure du départ, Coriolan la conduisit jusqu'au rivage et la vit s'embarquer les larmes aux yeux et après lui avoir fait les plus touchans adieux :

Le vent frais de la nuit fait palpiter les voiles,
Le marin sur les mers t'appelle Amélia !
Vois comme ton esquif est couronné d'étoiles.
  Dieu te ramènera.

O vague ! ne soyez qu'une mourante lame
A la nef qu'embellit la brune qui s'en va ;
La nef l'emporte en vain : âme, sœur de mon âme,
  Dieu te ramènera.

Hélas ! adieu ! St.-Marc, étonné de ses charmes,
La prendra pour un ange et se prosternera !
Moi je reste et je pleure. Oh ! pourquoi tant de larmes ?
  Dieu la ramènera.

Amélia revint. Mais depuis son retour un mal sourd la minait. Elle dépérissait ; les violettes de ses lèvres et de ses joues se décoloraient ; ses beaux grands yeux noirs s'éteignaient. Tous ses traits respiraient une morne langueur. Cependant, les apprêts du mariage commencés se poursuivaient. La maladie faisait des progrès rapides et les noces étaient prochaines. J'ai assisté à cette triste fête de famille où la fiancée se traîna péniblement au pied de la table qui servait d'autel. Elle semblait plutôt parée pour des obsèques que pour des noces ; et quand le prêtre eût fini de bénir leur union, elle était pâle et brisée. Puis elle mourut peu de jours après.

La mesure était comblée, le coup trop foudroyant pour qu'il se relevât, le pauvre jeune homme. Quel malheur et quel désespoir ! aussi n'y survécut-il pas long-temps. Les derniers vers qu'il écrivit avant de s'eteindre sont déchirans. Ce sont les plus tristes adieux que l'on puisse adresser à un monde où l'on a souffert de toutes les peines du cœur. Répétons-les et terminons ainsi ce souvenir de funérailles.

> Pauvre jeune homme âgé de vingt-un ans à peine,
> Je suis déjà trop vieux. Oui l'existence humaine
>   Est bien nue à mes yeux.
> Pas une île de fleurs dans cette mer immense !
> Pas une étoile d'or qui la nuit se balance
>   Au dôme de mes cieux.
>
> Le démon tend mes nuits d'un voile de ténèbres;
> Si je rêve, en rêvant j'entends des glas funèbres
>   Ou les soupirs d'un mort ;
> Un ange ne vient point me bercer et me dire
> Ces paroles du ciel qui me feraient sourire
>   Comme l'enfant qui dort.
>
> Non de tout cela rien ! Vivre ou mourir qu'importe ?
> Vivre jusques au jour où la tombe l'emporte.
>   Jusqu'à ce que le cœur
> Plonge sans remonter et se noie et s'abîme.
> Alors c'est le repos éternel et sublime,
>   Alors c'est le bonheur.

II.

Coriolan n'était pas né triste , il le devint par les malheurs qui , à tant de reprises , le frappèrent dans ses affections les plus chères et par le pressentiment d'une fin prématurée et inévitable. Il n'avait pas de propension naturelle à la tristesse ; il n'en avait pas apporté le germe en naissant , comme je viens de le dire , il le contracta dans le cours de la vie. La tristesse n'était donc pas le fond et l'essence de son âme , le ton de ses idées , la gamme de ses pensées , la source native de ses inspirations ; et toute cette partie lamentable et mélancolique de sa poésie que j'ai citée précédemment , ce sont des accens et des cris de douleur que l'adversité lui a accidentellement arrachés. L'élégie n'était pas le genre conforme à sa nature et à son goût ; c'étaient l'ode et le poëme, c'est-à-dire, le chant d'enthousiasme , le récit et l'action en vers. Ses compositions sont pour la plupart les poëmes. Mais ces essais sont malheureusement inachevés ; ce sont des canevas qu'il avait mis sur le métier et qu'il aurait perfectionnés avec le temps. En ne les considérant que comme préludes, ils révèlent assurément un talent de production que le jeune auteur eût porté loin par le progrès de l'âge et des études,

L'ode et le poëme, en effet, et surtout ce dernier, exigent un cadre et un plan ; et, pour remplir l'un et ordonner l'autre, que l'imagination se mette en frais d'invention et de création. Il faut en outre que le travail et l'étude disciplinent, en les éprouvant, les perfectionnant et les ajustant dans leur ordre de détail et d'ensemble, tous les élémens de la composition. L'art, alors, est la cheville ouvrière, et les facultés du poète qui sont à l'œuvre, se développent, se fortifient et s'élèvent par l'exercice et l'application. Le temps manqua à notre poète pour toutes ces conditions. Il est des intelligences qui semblent dispensées de se former ainsi, des intelligences précoces qui, on le dirait, n'apprennent pas l'art et le possèdent comme un don de nature. Qu'on ne s'y trompe pas, cependant ; elles apprennent vite, et si elles ont le bonheur d'entrer du premier coup en maître dans la carrière, sans stage et sans la lente initiation du travail et de l'épreuve, il n'est pas rare, en revanche, qu'elles s'épuisent plus tôt que les autres. Il en est, au contraire, qui se forment lentement par le temps et la culture et qui, pour donner de bons fruits, produisent tard, à l'heure de la vigueur et de la maturité. Et celles-ci ne sont pas toujours les plus mal douées. L'esprit humain est ainsi fait.

En classant notre poète parmi ces dernières, je reviens et j'insiste sur les regrets d'une carrière si tôt interrompue. Si dans les sociétés où les lettres fleurissent et le talent surabonde, c'est toujours un malheur vivement déploré qu'un esprit d'élite qui s'éteint avant l'heure, combien c'en un plus grand pour la nôtre qui a tant besoin d'être honorée par les lettres. En outre, et c'est surtout ce que je veux exprimer, Coriolan, dont les débuts accusent encore l'étude à ses premiers tâtonnemens, l'imitation trop docile des modèles, se fut enhardi plus tard à être lui-même et eût acquis une originalité suffisante pour devenir non seulement un poète éminent, mais avant tout notre poète national. Et c'est par le poème et l'ode qu'il y aurait réussi.

Je vais en faire juger par des extraits, en suppléant par l'analyse aux parties défectueuses de ces poésies. L'auteur plus sévère que je ne suis disposé à l'être et que ne le seront, je l'espère, les lecteurs, avait croisé à grands traits toutes ces pages que j'exhume aujourd'hui, n'épargnant dans cette exécution à la plume que les quelques pièces de poésie intime qui sont déjà connues du public. Respectait-il les sentimens qui les lui avaient inspirées et les circonstances de sa vie qu'elles consacraient ? Et se croyait-il dispensé de cette indulgence pour ses autres vers, nés de ses loisirs studieux ou de sa fantaisie ? Non, je crois véritablement qu'il jugeait mieux des premières, parce qu'en effet elles sont plus irréprochables. Cette sorte de poésie, c'est l'occasion qui la produit ; elle est spontanée. L'impression arrive au poète, sans qu'il la recherche, et il suffit qu'elle frappe juste et qu'elle ébranle la fibre sensible du cœur pour que le chant triste ou gai monte sur les lèvres. Mais c'est bien différent quand on se propose un sujet, qu'on se trace un cadre à remplir et que la méditation doive solliciter l'imagination. Il ne s'agit plus, alors, de s'abandonner à l'essor de son inspiration, il y a l'esthétique et la règle à satisfaire. Le poèmes de Coriolan ont donc pu, à ce compte, lui paraître, même dans leurs meilleurs endroits, inférieurs à sa poésie intime et mériter sa condamnation dans un moment d'extrême sévérité contre lui-même. De quelque manière, toutefois, qu'ils soient jugés, ils feront connaître le talent de l'auteur sous une autre de ses faces.

Revenons à nos extraits et commençons par la première composition du recueil. Le sujet de ce poème est une circonstance de la Traite ; le plan en est simple et bien tracé. On sait comment les tribus africaines qui sont en guerre disposent de leurs prisonniers faits soit dans les combats ou dans leurs incursions mutuelles sur les territoires en hostilité : elles les vendent pour des objets de peu de valeur aux européens entrepreneurs de l'odieux trafic. Les Bochismens ou Bojesmans qui sont une des diverses peuplades du Hottentot passent avec raison pour les africains les plus sauvages et les plus cruels, et pour les plus âpres au gain dans ce commerce de chair humaine avec les européens. Ils étaient la terreur d'une tribu voisine, les Betjouanes ou Betjouanas, et ils envahissaient habituellement les villages de ces derniers pour se pourvoir de prisonniers à vendre. La scène se passe parmi les Betjouanes. Le poème s'ouvre par les complaintes d'une fille de cette tribu dont le fiancé a disparu, sans qu'il ait été tué ou pris dans aucun combat. Il est tombé, sans doute, dans quelqu piège secret de l'ennemi, et enlevé et livré aux négriers ; ou bien il est encore dans les liens de ses capteurs sur la terre d'Afrique. En tout cas, sa fiancée le croit encore existant, mais elle se persuade bien qu'elle ne le reverra plus. Elle est désespérée et inconsolable. Morte à tous ses plaisirs de prédilection, son cœur ne bat plus aux sons aimés du tambour :

> Le tambour vainement m'appelle,
> . . . .

dit-elle,

> Désormais errante et plaintive
> J'irai m'exiler au désert !
> Le malheur m'a touchée, et, pauvre sensitive,
> Je ferme mes feuilles à l'air.

Elle va errer sur les rives du fleuve de son pays, où souvent elle avait promené ses amours, et conjure les flots de lui dire ce qu'est devenu son bien-aimé :

> Apprends-moi, mon fleuve limpide,
> Apprends-moi, mon bleu Koûranna
> Sous quels cieux ton onde rapide
> A vu l'amant de Minora !

Ses compagnes, alarmées d'un tel désespoir, entourent Minora, ne la laissent plus d'un pas et entreprennent de la distraire par toute sorte de moyens ingénieux. Elles vont ensemble dans la forêt ou sur les bords du Koûranna. Quand elles s'éloignaient ainsi du village, elles ne s'attardaient jamais, dans la crainte des Boschismens ravisseurs. Un soir, elles s'oublièrent des heures entières sur les rives du fleuve. Après y avoir long-temps folâtré, au lieu de reprendre le chemin du village, elles eurent l'imprudence de s'arrêter encore pour se baigner, se souvenant que Minora aimait tant autrefois à se baigner avec elles dans le Koûranna.

> Baignons-nous ! baignons-nous, dit l'une,
> Et toutes ont dit : baignons-nous !
> Les feux paisibles de la lune,
> En se mêlant aux flots, rendent les flots plus doux.

> Et c'est Minora la dernière
> Qui laisse de ses reins tomber le beau Santal
> Comme l'astre des nuits, reine brillante et fière
> Attend que chaque étoile ait montré sa lumière
> Pour faire luire au ciel son globe de cristal.

Le Kôûranna gémit d'ivresse
En entendant glisser sur ses ondes d'argent
Ces vierges que dans sa vieillesse
Elle ose encore aimer comme aime un jeune amant.

Le nénuphar et les mimoses,
Etendant des deux bords leurs guirlandes de fleurs
Se confondent avec ces roses

. . . .

Mais tandis que nageant ainsi qu'une Syrène,
La Betjouane fend les flots,
S'y plonge et laisse à peine
Balancer son corps sur les eaux
Un bruit lointain s'élève !
Il s'éteint. Est-ce un rêve ?
Le bruit s'élève encore et de nouveau se perd !
La Betjouane timide
Abandonne toute humide
Le fleuve qui s'en va plus limpide et plus clair.

Voici venir les Boschismens :

Fuyez, filles timides,
Fuyez de toutes parts !
Les Boschismens avides
S'élancent. Leurs regards
Sont des regards d'hyène ;
Ils viennent, vagabonds,
Par les chemins de plaine,
Par les chemins de monts !
Tout en eux est farouche.
De misérables peaux
Les couvrent. . . . .

Ils bondissent de joie,
Quand par hazard leurs yeux
Tombent sur quelque proie.

. . . .

D'une ivresse infernale
Tout leur être est saisi,
Lorsque du sang qui coule
Colorant leurs cheveux,
Ces barbares en foule
Mêlent des cris affreux
Aux cris d'une victime,
Singeant ses mouvemens,
Et conviant au crime
Tous leurs petits enfans.

Elles sont faites captives et conduites devant la
horde. Elles sont bientôt vendues aux européens.

On les embarque pêle-mêle.
Le négrier, immense oiseau,
Leur ouvre une serre cruelle
Et les ravit à leur berceau.

Minora quel exil pour ton cœur et ton âge !

. . . .

C'en est fait ! le navire
Sillonne au loin les mers.
Sa quille entend l'eau bruire,
Ses matelots sont fiers.

Voyez sa voile blanche
Qui dans les airs s'étend,
Et son grand mât qui penche
Sous les efforts du vent !

> Au navire qu'importe
> La rive qui l'attend ?
> Insensible il emporte
> Et l'esclave et le blanc.

Avec les suppressions que j'y ai faites, c'est là le tout un peu contenu et dénué de développements. Peut-être trouverait-on à redire à ce dénouement qui ne répond pas aux prémisses du poëme. Il y faudrait, en effet, une fin moins vague, un évènement précis et dramatique, en un mot, une conclusion. Dans un poëme écrit après celui ci, l'auteur a soin de ne pas commettre les mêmes fautes. Je me bornerai sur les citations qui précèdent à ces seules remarques; car je ne critique pas, je compulse et avec le moins de commentaire possible.

Voici cet autre poëme qui semble une suite du premier. On dirait que l'on retrouve dans l'esclavage aux Antilles, Minora sous le nom de Mila. Mila est une jeune esclave dont son maître est épris; mais elle aime un esclave comme elle, et elle en est aimée.

> C'est Ozala que j'aime.
> Dieu soyez son appui
> Et répandez sur lui
> Votre bonté suprême !

En chantant ainsi :

> Elle laisse dormir les herbes sous sa houe
> Et sur elle se penche et rêve doucement,
> Et regarde le vent qui joue
> Avec la canne au loin, comme eût fait un amant.
>
> Oh ! que de fois la colombe plaintive
> Enivre de ses chants la vallée attentive,
> Quand l'écho trop ingrat à ses accens d'amour
> La trahit, la découvre aux griffes du vautour.

Mila , la belle esclave , est la fleur du jardin.
Oh ! qui pour la cueillir ne tendrait pas la main !
Sa beauté , doux rayon , flamme divine et pure ,
N'attend pas pour briller l'éclat de la parure
C'est l'étoile des nuits aux feux plus scintillans
Lorsqu'un nuage obscur l'entoure de ses flancs.
Lorsque Mila chantait sa chanson ingénue ,
Elbreuil n'était pas loin ; et , ravi , l'âme émue ,
Le colon écoutait. La brise lui porta
Les paroles d'amour et le nom d'Ozala.

    Retenant ce nom , il s'avance.
    Il la voit sous un ciel brûlant
    Travaillant avec patience.
    D'abord son langage est d'un blanc :
    C'est une pitié qui vers elle
    Le conduit. Puis changeant de ton ,
    Il lui dit qu'elle est la plus belle
    De toute l'habitation !
    Elle est la fleur de la colline !
    L'oiseau chantant sur le palmier !
    Son âme est la blanche aubépine !
    Sa voix est la voix du ramier.

    Mais c'est vainement qu'il la presse
    Le colon ne peut la fléchir ,
    Car de son cœur elle est maîtresse.
    Elbreuil se sentant donc rougir ,
    De fuir promptement se hâte ,
    Frémissant qu'à l'œil de Mila
    La rougeur de son front n'éclate.
    Par un sentier , non loin de là ,

Alors il disparaît.— une noire pensée ,
Maintenant qu'il est seul , de son cœur élancée ,
S'imprime sur ses traits ; de mille éclairs ses yeux

Scintillent et sa bouche en un sourire affreux
Se contracte — Il en meurt de honte et de colère.
Silencieux, il marche en regardant la terre.
On dirait le démon du séjour infernal
Rêvant profondément et ne rêvant que mal.

Mila ne se dissimule pas tout le danger qu'elle court, après ce qui vient de se passer; mais aucun pressentiment ni aucune crainte ne troubleront pour elle l'heure prochaine de ses amours. Il sera bientôt midi, Ozala va venir. A cette heure l'esclave dépose la houe et se repose; mais ceux qui s'aiment se voient et se livrent aux entretiens du cœur. Il est midi;

C'est la cloche argentine
Qui sonne le repos;
Tout le troupeau rumine,
Couché près des ruisseaux.

Le soleil monte et brille
Au plus haut point des cieux;
L'onde ardente scintille,
Eblouissant les yeux.

Le rossignol soupire !
A cette heure du jour,
C'est la vivante lyre
Du cœur et de l'amour.

A cette heure venez, venez aussi l'entendre
Esclaves malheureux. Son nid est sur vos toits !
Ce chantre aimé du ciel ne sera pas moins tendre
Si l'esclave écoute sa voix.

Ozala est fidèle à l'heure.

Il s'avance en sifflant à travers le vallon

> Il arrive. Voilà, dit-il, ma tendre amie,
> Quelques fruits et des fleurs que je t'apporte, prends.
> Oh ! j'ai beaucoup souffert, mais ma peine est finie
> Car je te vois et je t'entends.

Tout le temps qu'ils sont ensemble ils s'entretiennent d'amour, sans songer aux durs travaux qu'ils vont reprendre à l'instant ; bien plus, ils n'aspirent qu'à se retrouver le soir ensemble à la case. Là, ils oublieront les fatigues du jour, comme d'ordinaire, en chantant et en contant. Tu chanteras pour moi, dit Mila, et moi,

> Je dirai des récits de la terre natale
> Comment on sait dompter le lion le plus fier ;
> Et puis je dépeindrai la brise si fatale
> Aux habitans du grand désert.

> Doux pays de l'Afrique oh ! que je t'aime encore !

> . . . .

Puis elle gémit sur sa condition d'esclave ; mais Ozala compte tant sur la vertu de l'amour qu'il lui croit la puissance de triompher de tous les obstacles. Il est plein d'espoir, quant à lui, et il essaie de faire passer sa confiance dans l'âme de son amie par des paroles de tendresse et de consolation.

> Il dit, et l'embrassa timide et palpitante !
> La vie est le Sarah, l'amour est l'Oasis
> Où l'on voit à l'abri de l'arène inconstante,
> Flotter le duvet des épis !

Ils se séparent ; c'était, sans qu'ils s'en doutassent, la dernière fois qu'ils se voyaient. La vengeance du colon ne se fit pas attendre. Il vendit Ozala pour l'éloigner de Mila et la punir de lui avoir résisté. Il fit en sorte que la séparation fut soudaine, inattendue, violente. Il réussit à briser le cœur de la belle esclave. Les mauvais traitements aidant, elle devint folle en peu de temps et mourut.

La passion, le pathétique, les situations nettes et tranchées, comme l'on voit, ne font point défaut dans cette étude qui accuse sur l'autre un progrès évident. Le poëte a donné à son sujet tous les développemens qu'il comporte. Il n'est pas jusqu'à ce dernier par lequel il n'ait voulu clore son poëme : Mila morte, il lui a fait ses funérailles.

Une main sur le cœur,
Et ses yeux noirs levés vers le ciel, elle est morte.
Oui morte avant le temps et morte de douleur !
Et voici qu'on l'emporte
Sans bruit, sans une fleur.
Sa famille, un vieux prêtre accompagnent sa bière
Au prochain cimetière ;
Et dans la fosse le cercueil
Est bientôt couvert par la terre.
Puis pour elle chacun a dit une prière
Tout haut, en maudissant tout bas le nom d'Elbreuil.

Je pourrais transcrire une troisième étude où l'auteur est plus maître de son sujet, pour le dessin du plan, la disposition et l'harmonie des parties, la conduite de l'action, mais où il est moins heureux sous le rapport de l'expression, de la couleur et de l'inspiration poétique. Mais il est temps de terminer cet article, bien long déjà. Je vais le faire par une dernière citation de vive et alerte poésie. Ce sont des stances écrites, il est vrai, à l'époque douloureuse de la vie du poëte ; mais vous n'y trouverez pas trace de ses larmes. C'est au contraire une fanfare joyeuse. Quelque bon vivant a pu alors entraîner notre poète à un barbaco * à Mariani et obtenir ainsi cette trêve à sa mélancolie, cette diversion d'un jour ou d'un moment aux souffrances de son cœur Il la marque bien par le choix de son épigraphe: " Il est un temps de pleurer et un temps de rire. A chaque chose, sa saison (*Eccles.*) " A la distance où nous sommes de cette perte qui nous affligea si profondément, en me souvenant de cet ami si cher, après avoir remué ses larmes, fouillé ses douleurs, ravivé mes propres regrets, je suis bien aise de faire voir son âme rayonnante d'une sereine gaieté, et de montrer, quand son ciel n'est pas sombre, combien d'étoiles y brillent dans un profond azur.

MARIANI.

Les barques sont près du rivage ;
L'air est serein et le nuage
Suspend ses franges dans l'azur.
Aux rayons mourans des étoiles,
Notre flotille étend ses voiles,
Et sur le golfe vaste et pur,
S'élance et glisse plus rapide
Que le cygne, lorsque le vent
Gonfle à plaisir son aile humide,
Et qu'il s'abandonne au courant.

Chaque mât, couronné de roses
Qui la nuit même sont écloses,
Elève un front radieux ;
Et la brise qui le caresse
Court à son tour avec ivresse
Parfumer le flot amoureux ;

---

* Fête champêtre, bal rustique.

Et la rame en cadence tombe ;
Son bruit en frappant la mer
Est le bruit que fait la colombe
Voguant dans les vagues de l'air.

Mariani ! dit le pilote ;
Et dans notre petite flotte
Ce n'est pas un nom, c'est un cri !
Pour le mieux voir chacun se lève,
On le voit, on croit que l'on rêve,
Et c'est pourtant Mariani !
Aussitôt chaque barque est mise
A l'abri des flots et du vent :
On foule la terre promise ,
On la parcourt en bondissant.

Ici , c'est une source vive
Qui coule du flanc des rochers
Et creuse un bassin dont la rive
S'ombrage de verts orangers.

Là , c'est une haute colline
Où s'élève un simple manoir ,
Que la nuit le ciel illumine ,
D'où la brebis descend le soir.

Et c'est au pied de la colline ,
Au bord de ces flots enchanteurs
Que le barbaco s'achemine ,
Passant sous des touffes de fleurs.

Et la troupe aimable et bruyante
A formé ses cercles joyeux,
Et l'on s'assemble, on danse, on chante,
Et l'on s'égaie en mille jeux !

Et c'est un immense délire !
Et ce sont des voix et des ris !
Et c'est la flûte, et c'est la lyre
Berçant les oiseaux dans leurs nids !

Quand le barbaco tourbillonne
Et vous enlève et vous suspend,
Quand il vous fait une couronne
De plaisir et d'enivrement,

Jeunesse ! oh ! c'est bien d'être folle !
Le temps est la biche qui court !
Un jour comme un oiseau s'envole,
C'est bien de t'amuser un jour !

E. NAU